Mariane Sophie Weikard

Die seltene Beständigkeit

Lustspiel in 2 Aufzügen

Mariane Sophie Weikard

Die seltene Beständigkeit
Lustspiel in 2 Aufzügen

ISBN/EAN: 9783743366756

Hergestellt in Europa, USA, Kanada, Australien, Japan

Cover: Foto ©Andreas Hilbeck / pixelio.de

Manufactured and distributed by brebook publishing software (www.brebook.com)

Mariane Sophie Weikard

Die seltene Beständigkeit

Die seltene Beständigkeit

Ein Lustspiel

in zwei Aufzügen

von

Mariane Sophie Weikard

Frankfurt am Main
in der Andreäischen Buchhandlung
1791

Personen:

Herr von Seeheim.

Elise.

Marthe, eine Wirthin.

Röschen, ihre Tochter.

Gustel, Röschens Liebhaber.

Kaspar, Seeheims Bedienter.

Die Handlung ist in einem Dorfe.

Erster Aufzug

Ein Platz vor dem Wirthshause. Vorne ist eine Laube, worinn ein Tisch und einige Stühle stehen. Auf dem Tische liegt ein Buch.

Erster Auftritt.

Marthe (ist beschäftigt, eine Flasche und eine Theekanne in ein Körbchen zu packen.) Nun! das hoffe ich, soll dem alten Jakel wieder auf die Beine helfen! Ein Schälchen warmen Thee, und ein gut Gläschen Wein! der arme Mann ist krank, und hat keine Seele, die sich seiner annimmt. Ja, wenn die alte Marthe und Elise, das liebe Kind, nicht wäre: ich glaube, er müßte verhungern. — Ach! wenn man keine Kinder hat, so ist es doch nicht gut. Wenn man alt ober krank wird, so hat man niemand, der einem beysteht! Ich danke Gott recht, daß er mir mein Röschen gegeben hat. Das gute Mädchen wird der Trost meiner alten Tage seyn. He! Röschen! Röschen! Ich glaube gar, das Mädchen steckt noch in den Federn. (Sie geht näher an das Haus) Röschen! Röschen hörst du nicht?

Zweyter Auftritt.

Die vorige und Röschen.

Röschen. Guten Morgen, liebe Mutter!

Marthe. Nu! wo steckst du denn, daß du mich so schreyen läßt! da nimm dieses Körbchen, und trage es zu Nachbar Jackel, grüsse ihn von mir.

Röschen. Gleich, liebe Mutter! Er wird sich freuen, der alte Nachbar, wenn ich ihm ein gutes Frühstück bringe; denn ich glaube wohl, daß er nur aus Armut krank ist. Eine gute Suppe wird ihn schon wieder gesund machen.

Marthe. Ja, ja, das kann wohl seyn! Aber wie nun die Leute auch manchmal wunderlich sind! keinem Menschen im Dorfe hat er gesagt, daß er soviel Noth hat. Konnte er nicht zu mir kommen, und sagen: hört, Frau Marthe, ich habe nichts zu leben? und hätte ich ihm da nicht gegeben? Alle Tage hätte er mit uns Essen können: wo drey am Tische sitzen, ist auch für den vierten Platz. Oder bin ich als eine harte Frau verschrien, die den Armen abweiset, daß man sich für mir fürchten muß?

Röschen. Ach nein, gewiß nicht, liebe Mutter! das ganze Dorf weiß, daß ihr recht gut seyd, und liebt euch recht herzlich deswegen. Sie erzählens immer, wie viel ihr den Armen thut, und daß ihr Jedermann helft, wenn ihr könnt. Die Leute rühmens auch gar sehr.

Marthe (behaglich). Nu, nu! Was recht ist, das thue ich; das muß man mir laſſen. Der liebe Gott hat mich deswegen so geſegnet, daß ich andern aus der Noth helfen ſoll. Ich hoffe, du wirſt's auch von mir lernen, und nachthun. Nun geh!

Röschen. Wo iſt denn Eliſe?

Marthe. Die iſt ſchon vor Sonnenaufgang auf den Füßen geweſen. Jetzt iſt ſie beym Nachbar. Sie hat ihm von unserm guten Kräutertranke gebracht, und darauf muß er Thee trinken.

Röschen. Da will ich mich fortmachen, daß Eliſe nicht lange warten muß. (Sie geht ab.)

Marthe. Röschen! Röschen!

Röschen (zurück.) Was ſoll ich? liebe Mutter!

Marthe. Haſt du noch nicht gehört, ob der fremde Herr oder ſein Bedienter wach ſind?

Röschen. Ich habe noch nichts gehört. Es iſt alles mäuschenſtill im Hauſe.

Marthe. Sie werden müde seyn von der Reise. Da schläft man wohl ein paar Stunden länger, wie gewöhnlich. **Röschen!** komme nur gleich wieder, denn heute giebts viel zu thun. Daß du dir nur nicht einfallen läßt, nach dem Schulzenhause zu laufen.

Röschen. Was sollte ich denn da machen?

Marthe. Gehe nur.

(Röschen geht ab, indem Kaspar aus dem Hause kömmt.)

Dritter Auftritt.

Marthe und Kaspar.

Kaspar. Guten Morgen, guten Morgen, Frau Wirthinn!

Marthe. Schönen Dank! Schon ausgeschlafen?

Kaspar. Ja, das Frühausschlafen bin ich gewohnt. Wenn man reißt, muß man immer mit dem Haushahne aus dem

Neste. Sie hat aber so gute Betten, Frau Wirthinn! daß ich heute zum erstenmal Lust gehabt hätte, den Mittag darinn zu erwarten.

Marthe. Das ist mir lieb, wenn es ihm bey uns gefällt. Nicht wahr! er sieht sich nach dem Frühstücke um?

Kaspar. Ja! doch brauchts für mich nicht viel: ein Schluck guter Doppelkümmel, und ein Stück Wurst, oder Fleisch, ist mir gut genug. Aber mein Herr trinkt gerne eine Tasse Kaffee, wenn er welchen bekommen kann.

Marthe. Ey, warum denn nicht? Ich trinke selber gerne ein gutes Schälchen: und im ganzen Dorfe kann niemand einen besseren Kaffee machen, als ich.

Kaspar. Das ist ja ganz vortreflich! Ich hatte ordentlich Zwicken im Magen, als wir gestern Abend in dieses Dorf kamen, denn ich dachte: da wirds einen Fasttag absetzen. Zum Glücke hatte ich vom nächsten Orte ein Stück Schunken, und zwey Bouteillen Wein mitgenommen.

Marthe. Die kann er wieder weiter mitnehmen. Bey mir braucht er das nicht. Ich habe vollauf in meiner Küche, und ein recht gut Gläschen selbstgepflanzten Wein im Keller. Aber sag er mir einmal, wie ist denn sein Herr in unser Dorf gekommen, da es doch ganz von der Landstraße abliegt?

Kaspar. Wir haben uns verirrt, und das geschieht uns sehr oft. Mein Herr fragt niemal: Ist dies der rechte Weg? sondern er nimmt, den ersten besten, der ihm vor der Nase liegt, mags dann hingehen, wo es will. Wir mußten nicht selten in einer Kohlbrennerhütte über Nacht bleiben. Denn, sieht Sie, mein Herr ist oft so zerstreut, daß er nicht einmal den Baum sieht, der ihm im Wege steht.

Marthe. Das ist schade um den schönen Herrn! Freilich wenn ich viele Geschäfte habe, geht es mir auch so; dann sehe ich auch manchmal den Ofen für meine Tochter an. Aber sag er einmal, wer ist dann sein Herr?

Kaspar. Mein Herr? ist seiner Profession nach, ein Herr.

Marthe. Er ist wunderlich. Soviel habe ich auch gesehen, daß er keine Frau ist.

Kaspar. Daß doch die Weiber alle von der Neugierde geplagt sind!

Marthe. O, neugierig bin ich eben nicht. Was ich nicht wissen soll, mag ich auch nicht wissen. Er muß mir doch sagen, wie man den Herrn heißt? denn wenn man sonst etwas unrechtes zu Markte bringt, heißts gleich: das dumme Bauernvolk!

Kaspar. So? Nun, das ist was anders. Er heißt: Herr von Weibershasser.

Marthe. I! das ist ein schnakischer Name! aber er macht mir doch nichts weis?

Kaspar. Wer wird denn so einer braven Frau etwas weis machen?

Marthe. O die Leute aus der Stadt sind gar schlimm! Wie heisset Er denn?

Kaspar. Schlechtweg: Kaspar.

Marthe. Kaspar? wahrhaftig! denk er nur, mein seliger Mann, Gott tröste ihn, hieß auch Kaspar. Und, deswegen habe ich alle Bursche, die Kaspar heißen, herzlich lieb.

Kaspar. Nun da könnte Sie mich ja zu seinem Nachfolger ernennen.

Marthe. Wie er nur spassen kann! eine Frau wie ich, die eine Tochter hat, welche bald heurathen wird, darf selbst nicht mehr daran denken.

Kaspar. Ist das hübsche junge Mädchen, die, wie ich kam, weggieng, ihre Tochter?

Marthe. Ja, das ist mein Rößchen, ein recht gutes Kind, und gewaltig schlau! Sie kann lesen und schreiben, wie unser Schulmeister. Sie wird nun bald Braut mit des Schulzen Sohne. Und der Schulz ist die höchste Person im ganzen Dorfe.

Kaspar. Das ist mir nicht lieb. Wenn Rös̈chen nicht versagt wäre, so könnte ich ihr Schwiegersohn werden, Frau Wirthinn! denn ich bin noch zu haben, weil die Mädchen alle von so üblem Geschmake sind, daß mich keine hübsch findet.

Marthe. Er gefällt mir. Ich habe die lustigen Bursche immer gerne gehabt.

Vierter Auftritt.

Die vorigen. Seeheim.

Kaspar. Ach! da ist mein Herr. Nun fix, Frau Wirthinn! das Frühstück!

Marthe. Soll gleich parat seyn. Wenn doch nur mein Rös̈chen da wäre! Mit verlaub, gnädiger Herr! wollen sie den Koffee hier in der Laube, oder in der Stube trinken?

Seeheim. Hier.

Marthe. Beliebts auch ein Stück Kuchen dazu zu essen?

Seeheim. Nein.

Kaspar. (bey Seite zur Marthe.) Frau Wirthinn! der gnädige Herr ist nicht gerne viel gefragt.

Marthe. Ey! es hat halt jeder seine eigene Art.

(Sie geht ab.)

Kaspar. Gnädiger Herr! hier ists so übel nicht.

Seeheim. Die Gegend ist schön.

Kaspar. Ich dächte, das wäre das Plätzchen, wie sie lange eines suchen, fern von einer großen Stadt; abgelegen ists auch von der Landstraße: an einsamen Spaziergängen mag kein Mangel sein. Und was noch das beste ist, so hat man hier weder einen Gutbesitzer, noch Beamten. Wenns Ihnen sowohl gefällt, wie mir, so reisen wir nicht weiter.

Seeheim. Vielleicht.

(Röschen geht übers Theater
ins Haus)

Kaspar. Sehen Sie, gnädiger Herr! dieses niedliche allerliebste Mädchen, ist die Tochter unserer Wirthinn.

Seeheim. Vielleicht auch die Ursache, warum es dir hier gefällt?

Kaspar. Ach, nein gnädiger Herr! Sie ist schon versehen. Ich komme, leider, überall zu späte. Alle hübsche Mädchen werden mir vorm Maule weggeschnappt.

Seeheim. Desto besser für dich! Schön oder häßlich, sie taugen alle nichts.

Kaspar. Von einer machen Sie immer den Schluß auf alle. Das ist doch unrecht!

Seeheim. Ich kannte mehr als eine. Tücke, Leichtsinn und Koketterie war der Stoff, woraus sie gebildet worden. Eine hat mehr von der Masse als die andere. Im Grunde aber hat jede genug.

Kaspar. Schon vier Jahre höre ich das. Kein Wunder, wenn ich auch ein Weiberfeind geworden wäre! Aber mein guter Geist beschützte mich. Ich bin jedes Mädchens Freund. So oft ich eines sehe, hüpft mir das Herz. Für die häßlichen fürchte ich mich freilig ein wenig!

aber den schönen kann ich unmöglich etwas übels zutrauen!

Seeheim. Falsch geschlossen! Konnte es eine göttlichere Bildung geben, als die jener Treulosen, welche mich so schändlich hintergieng? Ihr Auge, schien der Spiegel ihrer Seele! und ein Himmel lag in ihrem Blicke. Die Hülle war einen Engel abgestohlen, aber im Herzen — trug sie die Natter.

Kaspar. Ach, gnädiger Herr! vergessen Sie doch diese fatale Geschichte, welche uns ohnehin schon kreuz und quer in der Welt herum gejagt hat. Was ist's viel um ein Mädchen, welches Ihrer nicht wehrt war? Und nach vier Jahren noch nicht ruhig zu seyn, das ist zuviel!

Seeheim. Ich bin so ruhig, als ich es je werden kann. Denn mein Gefühl für die Freuden der Welt ist erloschen.

Kaspar. Das ist eine schöne Ruhe! dafür bewahre der Himmel alle gute Menschen!

(Seeheim setzt sich tiefsinnig in die Laube)

Kaspar. Da sitzt er wieder todt für alles! Ach, wie mich der gute Herr jammert! Wenn ich ihm nur mein Naturel geben könnte! So lieb mir die Mädchen sind, so denke ich doch: wenn mir eine untreu wird, so nehme ich wieder eine andere, ohne mich darum zu grämen. Denn es giebt ja, Gott sey Dank! dieser Waare genug. (Er geht an die Laube) Gnädiger Herr! — Er hört und sieht nicht. Gnädiger Herr!

Seeheim. Was willst du?

Kaspar. Werden Sie nicht ungehalten, wenn ich Sie störe. Aber ich kanns nicht übers Herz bringen, Sie so sitzen zu sehen. Mir kömmts vor, als ob Sie, seit wir in Deutschland sind, wieder trauriger würden.

Seeheim. Du irrest.

Kaspar. Ich glaube nicht. Lassen Sie uns wieder umkehren, ehes zu späte wird.

Seeheim. Glaubst du, daß man den Kummer entlaufen kann? In dem entferntesten Winkel der Erde wird er mich finden, wie hier. — Kaspar, geh, und sieh, ob mein Frühstück bereit ist.

Kaspar. Gleich, gnädiger Herr! (vor sich) da werde ich wieder fortgeschickt, daß er recht ungestört seinen Grillen nachhängen kann. Wenn ich nur auch auf die Mädchen bös seyn könnte! (Er geht ab)

Seeheim (allein.) So bin ich denn wieder hier in meinem Vaterlande? wo mir in den unbefangenen Tagen meiner Jugend das Glück so holde lächelte! — Ein Weib zernichtete meine goldene Träume, und stürzete mich von der Höhe meiner Glückseligkeit tief herab in einen Abgrund, wo nur Kummer und Verzweiflung wohnt. — Ja, ich will sie sehen, will im verborgenen sie belauschen, ob sie glücklich ist. Sie, die so gränzenlos unglücklich machen konnte! — Ist sie es? — wohl! ich will ihr Glück nicht stören. Aber dann ist es gewiß, daß diesseits keine Vergeltung waltet, und daß heilige Schwüre zu brechen nur Tändeley ist. — O, daß ich den Gedanken an Sie, aus meiner Seele reiſſen könnte, der mich bey Tag und bey Nacht wie eine Furie verfolgſt! — Aber, das ſchrecklichſte für mich! die Liebe hält ihn noch feſt.

(Er nimmt das auf dem Tiſche liegende Buch, und blättert gedankenlos darinn.)

Sechſter Auftritt.

Der vorige, Kaſpar, und Röschen welche das Frühſtück bringt.

Röschen, (ſetzet den Koffee in die Laube auf den Tiſch.) Befehlen Sie, daß ich eins ſchenken ſoll?

Seeheim. Wenns Ihr keine Mühe macht.

Röschen. O gar nicht, gnädiger Herr! Wir Wirthsmädchen müſſen das Einſchenken gewöhnen. (Sie giebt Seeheim eine Taſſe.)

Seeheim. Ließt Sie dieſes Buch?

Röschen. Was iſt's denn für ein Buch?

Seeheim. Yungs Nachtgedanken, die ich hier nicht vermuthet hätte.

Röschen. Nein, gnädiger Herr! das lese ich nicht. Ein junges Mädchen muß nichts lesen was traurig macht. Es schadet der Gesundheit und dem Herzen. Auch ist es nicht gut, wenn wir Landmädchen viel lesen. Hausgeschäften sind unser Bestimmung. Denn, wenn ein Freyer kömmt, so fragt er: ist das Mädchen eine gute Haushälterinn? aber niemals: hat sie viel gelesen? In der Stadt mag das wohl anderst seyn, aber auf dem Dorfe ist es so. Freilig, so des Sonntags Nachmittags, wenn die Kirche aus ist, dann lese ich auch, aber nur Gellerts Fabeln, oder den Kinderfreund. Ich weis nicht, ob Sie die Bücher kennen werden? Aber es stehen recht hübsche Sachen darinn. Meine Frau Muhme hat sie mir geschenkt.

Seeheim. Und wem gehört dieses Buch?

Röschen. Ach, das ist die liebste Unterhaltung meiner Muhme: und ich kann nicht begreifen, warum? — Ich sah sie einmal so recht eifrig darinn lesen, daß es mir Lust machte, auch zu sehen, was hübsches darinn stünde. (lachend) aber da hatte ich es erwischt! denken Sie nur, gnädiger Herr! Zwey ganze Seiten lase ich, und verstand nicht ein einziges Wort davon. — Und meine Muhme versteht es doch! das mag wohl machen, weil sie so traurig ist.

Seeheim. Warum ist sie denn traurig?

Röschen. J! weil ihr Mann gestorben ist, den sie gar nicht vergessen kann.

Kaspar. Hören Sie, gnädiger Herr! daß die Weiber nicht alle treulos sind. Diese weint, und zwar um ihren Mann.

Seeheim, (bitter) Vermuthlich Wittwe seit acht Tagen!

Röschen. Acht Tage? Ich dachte gar! Schon viele Jahre ist sie Wittwe, die arme Muhme.

Kaspar. Nein, bey all meinem Glauben an die guten Herzen der Mädchen, so

muß ich doch sagen, daß diese ein Phö-
nix ist, viele Jahre um einen Mann zu
klagen.

Seeheim. Manche Wittwe klagt
noch länger, weil sie an ihrer Erlösung
vom Wittwenstande verzweifelt.

Kaspar. Nicht wahr, Jungfer, Röschen! die Muhme ist alt, häßlich, und
böse?

Röschen. Ey! ich sollte meinen,
er wäre nicht klug: alt, häßlich und böse! — Nein, ich sage ihm, die Muhme
ist weder das eine, noch das andere. Sie
ist noch so jung, so schön und gut, daß
ich es gar nicht beschreiben kann. Alles,
was ich weis, hat sie mich gelehrt, und
das kann ich ihr nie vergelten. Aber ich
habe sie auch recht lieb. Immer wenn ich
sie weinen sehe, muß ich auch weinen,
und wenn ich noch so fröhlich bin. Wenn
ich nur daran denke, wird mir das Herz
schwer. — Ach! ich wollte alles darum
geben, wenn sie nicht so betrübt wäre.

Kaspar. Sie wär's also nicht, wenn ihr Mann stürbe, jungfer Röschen?

Röschen. Ja, das weis ich nun eben nicht, denn ich habe noch keinen Mann gehabt. Aber einen Burschen habe ich, und wenn der stürbe, ja, wenn mein Gustel stürbe: ich weinte mich zu Todte.

(Seeheim geht schnell ab.)

Röschen. Was fehlt denn dem Herrn, daß er so geschwind weggeht? Er wird wohl böse seyn, daß ich so viel geschwatzt habe? Meint er nicht?

Kaspar. Nein, böse ist er nicht, obgleich er die Frauenzimmer nicht gern bey sich sieht. Er hat so seine Kaprizen.

Röschen. Kaprizen? Was sind denn das für Dinger?

Kaspar. Wenn Sie das nicht weis, so ist's ein wahres Glück für ihren künftigen Mann. Denn die meisten Ehemänner sind Märtyrer der Kaprizen ihrer lieben Ehehälften.

Röschen. Nun, da mag ich's auch nicht wissen. Eine Frau muß nichts denken, was ihrem Manne nicht gefällt, und muß ihn so glücklich zu machen suchen, als es in ihren Kräften steht. So sagte die Muhme, und die muß es doch wissen.

Kaspar. Ey, das ist ja eine scharmante Muhme! Wenn jedes Mädchen so eine Muhme hätte, und ihr so hübsch folgte, wie Sie, Jungfer Röschen, da wären wir Männer glückliche Geschöpfe!

Röschen. (nimmt das Koffezeug.) Ach, der Herr hat nur eine einzige Tasse getrunken! Ich will ihm den Koffee auf seine Stube tragen; vielleicht hat er jetzt mehr Appetit.

Kaspar. Nein, er ißt und trinkt nicht viel. Laß Sie mich das Zeug tragen.

Röschen. Mach Er sich keine Mühe.

Kaspar. Was man für ein hübsches Mädchen thut, ist keine Mühe. (Er nimmt es ihr ab)

Röschen. Gewiß? Nun das habe ich noch nicht gewußt. Ach, auf dem Dorfe erfährt man doch gar wenig (. Sie gehen zusammen ab)

Siebenter Auftritt.

Gustel, (kömmt von der Seite herein) Gut, daß sie fort sind! länger hätte ichs nicht mit ansehen können. So, so, Jungfer Röse! da geb sich einmal einer mit dem Weibsvolk ab, und sage, er werde nicht betrogen! Wie die Röse da mit dem Burschen so schöne thun kann! Aber ich wills gewiß auch so machen. Die Falsche! Sie kann sich so unschuldig stellen, als wenn sie kein Wasser betrübte: und ich gutherziger Narr glaubte ihr — glaubte ihr, wenn sie sagte: Gustel! dich liebe ich allein und ewig! — Ach! ich hörte es so gerne. Sie konnt's so hübsch sagen, als wenn's wahr wäre. — Aber ich will mich gewiß rächen! Mit allen Mädchen will ich schäckern und lachen, nur mit ihr nicht. (Pause) Aber, wenn es sie nicht ärgerte? — Ach! wenn ich sie nur nicht so lieb hätte! Da könnt ich ihr ein Schnippchen schlagen: (aufs Herz zeigend) Aber hier sitzt's! — Ja, wenn das nicht wäre! — da drückt's —

und wird so enge, daß ich kaum mehr athmen kann.

Achter Auftritt.

Der vorige und Elise.

Gustel. Nun da kömmt die Frau Elise; Ihr will ich mein Leid klagen. — Schönen guten Morgen, Frau Elise!

Elise. Guten Tag, Gustel! wie geht es?

Gustel. Ach, nicht gut!

Elise. Was fehlt ihm denn? Er sieht so mißmuthig aus.

Gustel. Ach! dem armen Gustel fehlt alles.

Elise. Ist ihm etwas widriges begegnet?

Gustel. Nu! hören Sie nur selbst. — Nicht wahr, Sie glauben, Röschen hätte Gusteln lieb?

Elise. Davon wird Er wohl am besten überzeugt seyn.

Gustel. Nein, nichts ist's. — lauter Verstellung war's. — Aber es ist eine Sünde, wie mich die Röse betrübt! —

Elise. Ach, nun verstehe ich — Er ist wieder eifersüchtig?

Gustel. Ja, Frau Elise! und das aus dem Herzen heraus.

Elise. Ich hoffe, es wird, wie gewöhnlich, nicht von Bedeutung seyn.

Gustel. Ja, es ist recht sehr von Bedeutung. Sehen Sie nur. Ich kam daher, und wollte Röschen einen guten Morgen bringen, und ihr etwas erfreuliches ins Ohr sagen. Ja, denken Sie, wie ich da zwischen die Bäume kam, hörte ich Röschen sprechen: Ich horchte, konnte aber nichts verstehen. Hm! dachte ich, Frau Elise, oder die Mutter Marthe werden bey ihr seyn. Ja, prosit die Mahlzeit! ich gieng näher, und gukte durchs Gebüsch: und mir war's, als schlüge mich jemand vor den Kopf, als ich Röschen mit einem großen Lümmel schäckern sah.

Sie war so freundlich, wie sie sonst nur am Sonntage ist.

Elise (lächelnd) Da zieh er die Lehre heraus, künftig nicht mehr zu horchen. Man gewinnt nichts dabey.

Gustel. Das ist freilich wahr. Aber denken Sie nur, wenn Röschen erst meine Frau wäre, und.... Es ist doch besser, ich horche jetzt, als hernach, wenns zu späte ist.

Elise. Er ist nicht klug! der Mensch, welchen er bey Röschen gesehen hat, wird vermuthlich des Fremden Bedienter gewesen seyn, welcher seit gestern Abends hier logiret. Er kann ihr doch nicht verbiethen, mit ihren Gästen zu reden.

Gustel. Ja, Reden und Reden ist ein Unterschied. Ja, und nein, ist auch eine Antwort. Aber Lachen und Schönthun? Nein, das kann ich ihr nie vergeben! Sehen Sie, liebe Frau Elise! wenn mir ein Mädchen käme, und mit mir schäckern wollte, so würde ich sprechen: Grete oder Trine, wie sie nun grade heissen mag, laß Sie mich ungeschoren; ich habe schon ein Mädchen. Und so sollt es die Röse auch machen. Aber sie läßt's wohl bleiben. Freilich wird so ein frisirter Bursche im bunten Kittel ihr besser gefallen, als ich. Ich bin nur ein schlechter Dorfbursche, und weis wenig, meine Reden schön zu setzen. Aber ich habe sie doch so lieb, so lieb — daß ichs nicht einmal all sagen kann. Und wenn sie mir untreu wird, so stürze ich mich in die Mühlbache.

Elise. Gustel! Pfui! wer wird so albernes Zeug sprechen? — Wenn er immer so eifersüchtig ist, so würde ich Röschen bedauern; wenn sie seine Frau werden sollte. Ein eifersüchtiger Mann, ist die gröste Hausplage.

Gustel. Ach, das hat gute Wege! wenn ich und Röschen Mann und Frau seyn werden, dann hebt sichs auch mit der Eifersucht. Dann hab ichs nicht mehr nöthig. Denn meine Frau kann mir keiner wieder nehmen.

Elise. Nu! Seye Er nur ruhig. Ich will mit Röschen sprechen. Und ehe es Abend wird, soll Gustel, wie gewöhnlich, Röschen um Vergebung bitten, daß er ihr Unrecht that.

Gustel. Ja, wenns nur wahr wäre! Ich wollte ihr herzlich gerne abbitten. Das sollte eine Freude für mich seyn. Bitte recht schön, Frau Elise! reden Sie ihr ein wenig zu Gewissen von meinetwegen.

Elise. Ich will zusehen, ob es nöthig ist.

(Elise geht ab.)

Gustel. (allein) Ach! nun ist mir's schon viel leichter ums Herz! die Frau Elise ist doch eine ganze Frau. Immer, wenn ich ihr meine Noth klage, spricht sie so hübsch mit mir, daß ich gleich wieder zufrieden bin. Sie hört mich so gutwillig an: und ich mag ihr doch manchmal recht dummes Zeug vorschnacken. Denn ich seh's ihr oft an, daß sie sich zwingt, mich nicht auszulachen.

Neunter Auftritt.

Der vorige und Kaspar.

Gustel (vor sich) Bliß! da kömmt der Musje her. Dem will ich etwas in's Ohr sagen. Wenn ich auch jetzt unrecht habe, so wird es doch machen, daß ich nicht auch mit Rechte eifersüchtig seyn muß. (Er winkt ihm) he! guter Freund! komm er mal her! (Gustel faßt Kaspar vorne beym Rock, und schlägt ihn bey jedem Worte auf die Schulter.) Hör er: ich heiße Gustel, und bin des Schulzen Sohn. Das Wirths-Röschen ist mein Mädchen. Und wenn er die nicht ungeschoren läßt, versteht er mich, so kömmt er auf diesen Füßen nicht mehr aus unserm Dorfe. Schreib er sich das hinters Ohr! (Er geht ab)

Kaspar. Das war ein besonderer Willkomm: ha, ha, ha! Ich hätte nicht geglaubt, daß ich einen jungen Burschen noch eifersüchtig machen könnte. Was man doch in der Welt nicht erlebt! — das muß ich mir notiren, daß in diesem Dorfe die Leute sehr zur Eifersucht geneigt sind. — Der kann aber doch seine Meynung so recht handgreiflich machen. (Er reibt sich die Schultern)

Zehnter Auftritt.

Kaspar, Elise, und Röschen.

Elise. Er ist schon wieder weg.

Röschen. Mußje Kaspar! hat er nicht einen jungen Burschen hier gesehen?

Kaspar. Zu dienen, Jungfer Röschen! Aber ich habe ihn doch noch besser gefühlt als gesehen.

Elise. Wie! Gustel wird doch seine Narrheit nicht aufs äußerste getrieben haben?

Kaspar. Ach nein! Er hat mir nur so etwas angekündigt, welches wie Hals- und Beinbrechen klang, wenn ich Jungfer Röschen nicht ungeschoren ließ. Dabey hat er so eine besondere Art, seinen Worten Gewicht zu geben.

Röschen. Wart, ich will ihm den Kopf wieder zurechte setzen. Ach die Dorfbursche haben doch nicht ein bischen Manier. Aber ich will ihn mir schon noch ziehen, daß es eine Lust seyn soll. Ich weis, wenn ich ihm ein gutes Wort sage, so thut er mir alles zu Gefallen.

Kaspar. Ist das ihre Frau Muhme, Jungfer Röschen?

Röschen. Ja, das ist sie. J! wie garstig, alt und böse! nicht wahr, Mussje Kaspar! so sagte er?

Kaspar. Lauter Spaß, Jungfer Röschen! Wenn Sie erlauben, Madame! mein Herr möchte gern jenes Buch auf eine Stunde haben.

Elise. Sehr gern!

Röschen. Denken Sie doch, liebe Muhme! der Herr ist gar wunderlich; Er hat — wie nennt man's doch? Ka— Kaprizen.

Elise. Die haben alle Männer.

Röschen. Sie wissen also, was das ist? Es soll doch, wie mir Musje Kaspar sagt, gar nicht gut seyn, wenn man die Kaprizen kennt.

Elise. Es ist ein Unterschied zwischen kennen, und welche haben.

Röschen. Sein Herr mag wohl auch kein guter Mann seyn.

Elise. (verweisend) Röschen!

Kaspar. Mein Herr ist recht gut: und was er besonders an sich hat, kömmt nicht von ihm, sondern von gewissen Menschen, die ihn so hintergangen haben, daß er nur selten jemanden traut: und dem Frauenzimmer gar nicht.

Elise. Röschen! die Mutter wird uns vermissen.

(Sie geht ab)

Kaspar. He! Jungfer Röschen! Ich glaube die Frau Muhme hat auch ihren Theil Kaprizen.

Röschen. Nein, gewiß nicht. Sie hat gar nichts böses an sich. Sie spricht aber nicht gern viel, und mit Fremden gar nicht. Sonst, wenn jemand die Herberge bey uns nahm, da verschloß sie sich in ihre Stube, und kam nicht heraus, bis alles wieder leer war. Sie ist gar leutscheu.

Kaspar. Sag Sie mir doch, wo ist denn die Muhme her? Sie ist gekleidet, und spricht, wie eine Madam aus der Stadt. Wer war denn ihr Mann?

Röschen. Wo sie her ist? Ja, aus einer Stadt, aber den Nahmen habe ich vergessen. Und wer ihr Mann war? das habe ich noch nicht einmal gefragt. Was ich übrigens von ihr weis, will ich ihm sagen: Ich weis nicht, wie viel Jahre es seyn werden, da kam einmal des Abends etwas an unsere Thüre, und pochte so stark, so stark, daß ich mich recht fürchtete. Die Mutter machte auf, und die Muhme kam herein. Sie sah so blaß aus, wie meine selige Pathe, da sie

im Sarge lag; und war so müde, so müde, daß sie, wie sie in die Stube kam, hinfiel und ohnmächtig ward. — Ach wie wir da erschrocken waren! denn wir dachten, sie wäre todt. Sie erholte sich wieder, und gieng mit der Mutter in die Kammer, wo sie lange zusammen schwatz=
ten. Und wie sie wieder kamen, hatten sie beyde geweint. Da sagte mir die Mutter, daß es unsere Muhme wäre, die weit von hier in einer Stadt gewohnt hätte, und die nun immer bey uns woh=
nen würde, weil ihr Mann gestorben wäre. Mich freute das recht, denn ich hatte sie vom ersten Augenblicke an lieb. — Sie lehrte mich Lesen und Schreiben, Nähen und Stricken, und hilft der Mutter in der Haushaltung arbeiten, und ist so fromm und gut, daß ich mir nichts wün=
sche, als so, wie sie zu seyn.

Kaspar. Sie kann ja recht hübsch erzählen. Jetzt will ich meinem Herrn das Buch bringen. Dann komme ich wie=
der zu ihr. Ich muß Sie recht viel noch

fragen! denn ich möchte gern alles wissen, wie's in diesem Dorfe zugeht.

Röschen. Nun, ich will ihm sagen, was ich weiß. Aber die Mutter kann das besser, denn sie ist älter als ich.

Kaspar. Adjeu! Jungfer Röschen!
(er geht ab)

Röschen. (allein)
Hm! über den närrischen Gustel! da eifersüchtig zu werden! und er hat's doch gar nicht Ursache. Ach es ist mir gar nicht recht! das wird mir heute den ganzen Tag im Kopfe herumgehen, daß ich nichts recht machen werde.

Eilfter Auftritt.

Röschen und Marthe.

Marthe. Nun Röse! was soll denn das heissen? Marsch, in die Küche. Ich, die Mutter, muß alles thun, und das Töchterchen dahlt da mit den Mannsleuten herum!

Röschen. Ich habe ja nur mit Kaspar geredt.

Marthe. Rund um geht mir der Kopf vor lauter Geschäfte! Zehn Töpfe habe ich auf dem Feuer, und noch ein Ferkelchen am Spieße. Rühr dich, hurtig! — Ach du wirst nie wie deine Mutter werden. Man sollte es gar nicht glauben, daß du Marthens Tochter wärest. Ja, dein Vater, Gott tröste ihn! war auch so ein Mann. Wenn er sein Pfeifchen rauchte, und hier in der Laube saß, dann der Schulz und Gevater Jürg bey ihm, da schwatzten sie, ich glaube, Gott verzeih mir's! manchmal gar vom türkischen Sultane; und die Wirthschaft, du liebe Zeit! die lag ihm gut. Da muste Marthe in allen Ecken Augen haben. Und sagt' ich ihm manchmal ein Wörtchen, fluchs lachte er mich aus, und nannte mich die geschäftige Marthe. Hab mich immer recht geärgert! und half doch nichts. Sonst, war's ein kreuzbraver Mann! Möcht ihn wohl gern wieder haben, wenns möglich seyn könnte.

Röschen. Ach Mutter, Mutter! das Essen wird verbrennen. (Sie läuft ab)

Marthe. Verbrennen? ja, das stünde mir an. (Sie geht unwillig ab)

Ende des ersten Aufzugs.

Zweyter Aufzug
Erster Auftritt.

Röschen, (hat eine Handvoll Blumen) Und wenn ich hier bis den Abend warte, so wird der Trotzkopf doch nicht kommen. Ich werde mich wohl heute noch ärgern müssen. — Es ist doch gewiß! sobald man sich verliebt, da ists mit der Zufriedenheit am Ende. Ich und Gustel, wir zanken uns so oft, als ob wir die ärgsten Feinde wären, und sind uns doch bey allem Streiten von Herzen gut. Ich weiß nicht, wie das kömmt? Aber wenn Gustel mit mir zankt, so ist mir's so ganz anders zu Muthe, als wenn die Mutter zankt, denn . . . Ach! ich höre was durch die

Bäume rauschen, vielleicht ist er's? —
Ich will mich in die Laube verstecken, und
ihn behorchen. (Sie geht in die Laube)

Zweyter Auftritt.

Gustel, (kömmt, und sieht sich forschend
um) Wenn ich sie nur sehen könnte! Sie
wird wohl böse seyn, und das kann ich
gar nicht ertragen. Ach, meine tolle Eifersucht, ist an allem Unheil Schuld!

Röschen (vor sich, freudig) Er ist's,
er ist's. Jetzt will ich ihm auch ein wenig
bange machen. (Sie wirft aus der Laube
ihre Blumen Gusteln ins Gesicht.)

Gustel. Was ist das? (Er geht an
die Laube) ach Röschen!

Röschen (kalt) Ist Er's?

Gustel. So! Sie hat also einen andern werfen wollen?

Röschen. Freylich einen andern,
denn ich dachte nicht, daß er wieder kommen würde.

Gustel. (aufgebracht) O! wenn's ihr
nicht recht ist, daß ich hier bin, so kann
ich auch wieder gehen, versteht Sie mich?

Röschen. Sehr gut! Hier steht ihm der Weg überall offen. Da hinaus, dort hinaus, wo er will.

Gustel. Das braucht Sie mir gar nicht zu sagen. Ich habe schon noch Augen, um zu sehen, wo der Weg hinaus geht. Aber ich muß ihr doch noch sagen! daß sie recht falsch, erz falsch an mir gehandelt hat! Sagte Sie mir nicht immer, daß Sie mich lieb hätte? Und doch ist sie mit allen Burschen freundlich. Und ich war ihr so treu, daß ich nicht einmal mit einem andern Mädchen gelacht habe, wenn Sie nicht dabey war.

Röschen. Vermuthlich, weil keine mit ihm lachen wollte?

Gustel (heftig.) Wie? Wie sagt Sie? — Ja, wenn ich nur wollte! die schönsten Mädchen sehen mich gerne. Und es hat mir schon manche gesagt, daß sie mir recht gut wäre, auch wenn ich nur Gustel, und nicht der Sohn des Schulzen wäre.

Röschen (verneigt sich spöttisch) dazu wünsche ich ihm von Herzen Glück, Mußje Gustel!

Gustel (machts wie Röschen) Schönen Dank, Mamsel Röse! — (vor sich) das Herz wird mir noch springen!

Röschen (vor sich) der Starrkopf! Statt gute Worte zu geben, ist er trotzig! da sieht man, wie die Mannsleute sind! — (Laut) Mußje Gustel, ich empfehle mich.

Gustel. Eben so viel, Mamsel Röse!

(Röschen geht ganz langsam nach dem Hause, und Gustel nach der Seite zu. Endlich bleiben beyde stehen.)

Gustel (traurig) So ist's dann aus mit uns, Röschen?

Röschen. J! nu! Gustel will's ja so.

Gustel (ihr näher tretend lebhaft) Nein, nein, Gustel wills nicht! aber Röschen will's! und wenn Röschen will: so muß der arme Gustel wohl! und sollte ihm auch das Herz darüber brechen.

Röschen. Ich glaube gar, du weinst? thu's nicht, Gustel! sonst muß ich gleich auch weinen.

Gustel (fasset Röschen freudig in die Arme) Du liebst mich also wieder, Herzens Röschen?

Röschen. Hab ich doch noch nicht aufgehört, dich zu lieben. — Aber deine Eifersucht ist doch unerträglich!

Gustel. Ich wills nie, nie wieder thun! Aber ich hatte doch wohl auch Ursache? — Sieh dort die Blumen! wen wolltest du werfen?

Röschen. Dich, sonst Niemand; Ich sah dich durch die Laube.

Gustel. Und konntest mich so quälen?

Röschen. Ach, du hast mich auch gequält genug.

Gustel. Du warst aber so freundlich mit dem fremden Burschen!

Röschen. Das ist ein recht guter Mensch. Ich habe ihm erzählt, wie wir uns lieben, und daß wir uns bald heurathen würden. Er freute sich recht.

Gustel hat er das? O, nun bin ich ihm auch recht gut! und wenn er bis zu unserer Hochzeit hier bleibt, so soll er gleich nach mir, mit dir tanzen. Aber er wird wohl böse auf mich seyn? — Ich habe ihm diesen Morgen, so schlechtweg meine Meinung gesagt, weil ich glaubte, er wollte mir mein Röschen nehmen. Ach! der Kopf war mir ganz verkehrt.

Röschen. Das mußt du ihm abbitten.

Gustel. Von Herzen gern! — Jetzt will ich dir etwas erzählen, das mir sehr viel Freude macht, vielleicht auch dir. Mein Vater sprach heute: höre, Gustel! morgen bist du zwanzig Jahre auf der Welt. Nun kannst du alle Tage heurathen, hast doch schon lange darnach verlangt. Ja, sagte ich, Vater! wenn mich aber Röschen nicht mag? Närrischer Junge, sagte er, ihr habt euch ja immer gern gesehen: warum wird sie dich denn nicht wollen? Geh hin und frage sie; dann komme ich mit Gevater Jürgen, und Vetter Steffen, zur Mutter Marthe, und da machen wir bey einem Gläschen Wein alles richtig. — Nu Röschen! willst du meine Frau werden?

Röschen. (lächelt verschämt) Ach, laß mich gehen, Gustel!

Gustel. Ich glaube, du schämst dich, Röschen! Sag mir's doch, willst du mich? Sieh, die Mädchen müssens ja alle sagen: und, ich habe gehört, Manche sagen's recht gerne.

Röschen, (wie oben.) Geh, frag die Mutter.

Gustel. Ach! Mutter Marthe hat schon lange ja gesagt. Von dir will ichs hören. Und wenn mir's die Mutter noch hundertmal sagte — so wird mirs doch nicht halb so lieb seyn, als wenn du's nur einmal sagst — Und wenn du's denn gar nicht sagen kannst, so nicke nur mit dem Kopfe. Nicke nur!

(Röschen sieht ihn zärtlich an.)

Gustel. Ach, so nicke doch, liebes Röschen! Wilst du mich?

Röschen, nickt, (und verbirgt ihr Gesicht mit beyden Händen.)

Gustel (küsset sie) Ach, liebes, gutes Röschen! Nun bist du mein! O wie ich jetzt so glücklich bin! — Siehst du, wie mir der Angstschweiß auf der Stirne steht, weil du solang nicht nicken wollst.

Röschen (schmiegt sich an ihn) Gustel! du bist mir so lieb, so lieb . . aber wirst du mich auch immer allein lieben? Weißt du noch, was deine Mutter sagte? Daß es in der Stadt Männer gäbe, die oft drey Weiber auf einmal liebten.

Gustel. Ja, sie sagte aber auch, daß es Weiber gäbe, denen es gar nicht zuviel wäre, noch mehr als drey Männer zu lieben. — Es ist gut, daß wir auf dem Dorfe wohnen, da lernet man das nicht. Ich werde Röschen ewig, und allein lieben.

Röschen. Und meinem Gustel bleibe ich immer treu.

Gustel. Komm jetzt, liebes Röschen, zu deiner Mutter. Sie wird sich auch mit uns freuen.

Röschen. Gewiß! Möchten doch alle, die sich lieben, heute so glücklich seyn, wie wir!

Gustel. O! das wünsche ich auch. Nun komm! (Er schlingt seinen Arm um Röschen. Sie gehen ins Haus.)

Dritter Auftritt.

Elise (kömmt von der Seite herein.) Wie schön die ganze Natur rings um mich blüht! Alles freut sich mit ihr. Nur mir lächelt keine Freude. Mir blühet kein Blümchen. Banger schlägt heute mein krankes Herz. Nirgend finde ich Ruhe! Im Zimmer ist's mir zu enge, und auf dem Felde zu frey. — Sollte es Ahndung eines mir drohenden Sturms seyn? — Nein, ich kann ja nichts mehr verlieren. Schon sind Jahre entflohen, seit ich Lebensfreuden und Hoffnung verlor. — O mein verklärter Adolph! zürne nicht, daß ich meinen Eid, auch den Tod mit Dir zu theilen, noch nicht erfüllet habe. Sehnlicher konnte ich nicht um Deine Erhaltung flehen, als um die Vollendung meiner Leiden — denn mein Daseyn ist ein zwiefach schmerzhaftes Hinscheiden! O, Adolph! warum liessest du mich zurücke!

Vierter Auftritt.

Die vorige und Marthe.

Marthe. Komm Sie doch, liebe Elise! Röschen und Gustel haben mir eine freudige Neuigkeit gebracht. Diesen Abend schon soll ihre Verlobung seyn.

Elise. So geschwind? Ich nehme herzlichen Antheil an dem Glücke der guten Kinder. Möcht' es ihnen die Vorsicht lange, lange erhalten!

Marthe. Wahrhaftig, da hat sie die hübschen Augen wieder feuerroth geweint! du, mein Gott! was soll denn das werden?

Elise. Ich habe wieder einen traurigen Tag. Alle schreckliche Gestalten der Vergangenheit drängen sich heute erneuert in meine Seele!

Marthe. Ey, ey! So was hab ich in meinem Leben nicht gesehen! Es hat doch alles seine Zeit; und ist Sie's denn allein, die ihren Mann verloren hat? Ich hatte meinen Kaspar recht lieb. Er starb: und ich habe ihn ein ganzes Jahr, wie sich's gehört und gebührt, betrauert. Aber nach so langer Zeit noch um einen Mann zu lamentiren, als wenn er gestern erst gestorben wäre, das ist unrecht! das verdrießt mich!

Elise. Ich kann meinem Schmerz nicht gebiethen, mich zu verlassen; und wünsch' es auch nicht.

Marthe. Was das für Dinge sind! Ja, du lieber Gott! wir Weiber auf dem Lande müssen ganz andere Herzen haben, als die aus der Stadt. Wir lieben unsere Männer, und wenn sie sterben, thut es uns Leid: aber das hat alles seine Zeit. Und nach dem Trauerjahre nimmt manche gern einen andern, wobey sie den ersten vergißt.

Elise. Das geht in der Stadt eben so. Drey, vier Monate, die man des Wohlstandes wegen wartet, sind hinlänglich, um wieder eine neue Verbindung einzugehen. Oft verbirgt der Trauerflor nur das lachende Gesicht der Wittwe. Für meinen Adolph kann mir die Welt keinen Ersatz geben.

Marthe. Ja, es geht freilig bunt in der Welt zu. Aber, wenn Sie gleich die erste Woche wieder geheurathet hätte, so wär's besser gewesen, als sich so hinzugrämen. Nehm Sie mir's nicht übel, liebe Elise! daß ich so rede, wie mir's ums Herz ist. Weiß Gott, ich mei'ns gut mit ihr!

Elise. Rede Sie immer, wie Sie denkt, gute Mutter! ich freue mich ihrer Liebe. Ich habe ja doch auf der Welt niemand mehr, dem mein Wohl lieb wäre. Schon in frühen Jahren verlohr ich meine gute Mutter. Ich war noch zu kindisch, als daß ich die ganze Größe meines Verlustes hätte empfinden sollen. Auch ließ mein zärtlicher Vater mich sie nicht vermissen. Aber schon im achtzehnten Jahre verlohr ich auch ihn. Von hier war mein Leben ein Gewebe von Unglücksfällen, die mich in der Blüthe meiner Jahre zum Grabe bringen. O gutes Weib! ich habe viel gelitten!

Marthe. Ach armes Kind! Sie ist noch so jung, und hat schon so viel Böses erfahren! Ich will auch mit ihr traurig seyn. Nur sey Sie auch heute mit mir frölich; Sie wird sonst meinem Röschen die ganze Freude verderben: denn das Mädchen schwört nicht höher, als, auf die Muhme Elise! — Und heute, an ihrem Verlobungstage. —

Elise. Der Tag meiner Verlobung war der letzte meiner glücklichen.

Fünfter Auftritt.

Die vorigen. Kaspar.

Elise. Ich will Röschen aufsuchen, und ihr Glück wünschen.

Marthe. Ja, ja, thu' Sie das!

(Elise geht ab)

Kaspar. Prr! da geht sie wieder hin. — Frau Wirthinn! ist denn heute Röschen Geburts- oder Namens-Fest, daß man ihr Glück wünschen muß? Da will ich auch meine Schuldigkeit thun, und einen Vers auf Röschen machen, mit rother Dinte geschrieben.

Marthe. Heute! ist Röschens Verlobungstag: da kann er sie noch als Braut sehen, Musje Kaspar!

Kaspar. Das geht ja, wie mit Extrapost. Kann ich denn da nicht einen Zeugen vorstellen?

Marthe. J! bewahre! In unserm Dorfe nimmt man nur Männer zu Zeugen.

Kaspar. Nu! Sie hält mich doch wohl für einen Mann?

Marthe. Er spaßt. Er hat ja keine Frau: wie kann er denn ein Mann seyn?

Kaspar. Ach so!

Marthe. Ja, so! Aber wenn er kommen will, so soll er mir willkommen seyn!

Kaspar. Werde nicht ermangeln mich einzufinden. Sag Sie mir mal, Frau Wirthinn! warum ist denn ihre Muhme so scheu? Das sind doch sonst die Dämchens aus der Stadt eben nicht! — Aber diese, wenn ich ihr in den Weg komme, macht gleich links um. Ich bin doch beym Teufel kein Kerl wie ein Popanz, daß sich die Kinder vor mir fürchten.

Marthe. Ja, sieht er! Sie hatte eben wieder rothe Augen geweint. Auch machte sie's immer so. Von Anfange, lief sie auch, wenn jemand aus dem Dorfe kam. Ich dachte: das wird dir schon vergehen! und es vergieng ihr auch. Jetzt geht sie selbst ins Dorf bald da, bald dorthin; und die Leute haben sie alle herzlich lieb. Wenn aber von ungefehr jemand Frembdes zu mir kömmt, dann steht sie nicht, und läßt sich nicht sehen.

Kaspar. Aber warum denn das?

Marthe. Ich weiß nicht, und mag auch nicht fragen. Denn ich denke: mag jedes thun, was ihm gefällt! wenn's niemanden Schaden bringt. Sag er mir doch, warum ist denn sein Herr so ein Murrkopf?

Kaspar. Geheimniß um Geheimniß, wenn Sie will, Frau Wirthinn! — Ich will ihr sagen, warum mein Herr mürrisch ist, wenn Sie mir sagt, ob Elise wirklich ihre Muhme ist. Denn, sieht Sie! der Muhme steht das Näschen so vornehm, daß ich an der Verwandschaft zweifle.

Marthe. J! nu! Von Adam her sind wir ja alle verwandt. Aber ich liebe sie, wie mein eigenes Kind.

Kaspar. Dacht ichs doch gleich! Nu, Sie muß mir aber noch mehr sagen.

Marthe. Weiter weis ich nichts. Röschen hat ihm ja schon gesagt, wie sie zu uns gekommen ist. Sie erzählte mir: ihr Mann sey gestorben, und habe ihr

nicht viel hinterlassen; in der Stadt könn=
te sie nicht leben; sie wollte also in unserm
Dorfe Unterkunft suchen. Sie gefiel
mir gleich: und so behielt ich sie bey mir.
Sie bath mich, ich sollte sie für meine
Muhme ausgeben, damit sie nicht die
Neugierde der Leute erregte. Es ist eine
recht gute Seele. Sie hatte zwey Ringe,
wo so flimmernde Steine darinn sind. Ei=
nen hat ihr der Schulz' in der nächsten
Stadt verkauft, und viele Goldstücke da=
für gebracht. Mit Gewalt wollte sie mir
das Geld geben. Aber, Gott bewahre
mich, daß ich ihr etwas abnehmen soll=
te! — Marthe ist nicht geizig, und hat's
auch nicht nöthig. Ich denke halt, der
Himmel hätte mir zwey Töchter bescheert.

 Kaspar. Das ist brav, recht brav!

 Marthe. Wenn sie nur nicht immer
um die Todten weinte! Ich werde auch
ganz wehmüthig dabey, und rede ihr be=
stens zu. Aber das hilft alles nichts!

 Kaspar. So geht mir's gerade mit
meinem Herrn!

Marthe. Ist denn dem Herrn seine Frau auch gestorben?

Kaspar. Nein, er hat noch keine gehabt. Aber sein Mädchen hat er verloren.

Marthe. Verloren?

Kaspar. Ja: Sie hat ihm eine hübsche lange Nase gedreht.

Marthe. J! wie ist denn das zugegangen?

Kaspar. Sie hat einen andern geheurathet: und die ganze Zeit ist der arme Herr wie verwirrt, denn er hat sie ganz ausserordentlich lieb gehabt. Nun freut ihn nichts mehr. Er ist reich und auch hübsch. Und da hätte er überall schon die schönsten Mädchen zu Dutzenden haben können; aber er mag keine. Sie hat den Schwur der Treue gebrochen, spricht er, aber ich will ihn halten.

Marthe. Nun wahrhaftig das ist selten! Ich hätte nimmermehr gedacht, daß es Mannsleute gäbe, die so gewissenhaft wären. Besonders sollen die Vor=

nehmen aus der Stadt gar nicht viel davon wissen.

Kaspar. Ja, mein Herr macht eine Ausnahme von der Regel. Einer Ungetreuen — treu zu bleiben, das ist gewiß eine sehr seltne Beständigkeit.

Marthe. Gerade so selten, als wenn ein todter Mann viele Jahre beweint wird, wie es meine Elise thut. — Das war nicht fein von jener, seinen guten Herrn so zu kränken!

Kaspar. Grob war's, sehr grob! — Denk Sie nur, wie das Ding so pfiffig angelegt war!

Marthe. War sie denn schön?

Kaspar. Mein Herr sagt's. Ich weiß es nicht, denn ich habe sie nicht gesehen. — Sieht Sie, ich war auf einem von meines Herrn Landgütern, so — ein Uebelaufseher. Denn mein Vater war Verwalter gewesen, und da hatte ich so etwas von der Oekonomie profitirt. Ich hatte da in dem Schlosse schon alle Anstalten gemacht, um die neue gnädige Frau zu empfangen. Denn die Verlobung war schon vorbey, als ich einen Brief von meinem Herrn erhielt, des Innhalts: ich sollte mich fertig machen, ihn nach London zu begleiten; weil des Herrn Onkel dort krank läge, und vor seinem Ende noch seinen Neffen sehen wollte. Mein Bündel war bald geschnürt, und in zwey Tagen war der Herr schon da, so traurig, daß ich wie ein altes Weib heulte. — Er wollte sich vorher mit ihr trauen lassen, aber dazu hatte des Fräuleins Vormund keine Ohren: der machte so viele Einwendungen, daß es unterbleiben muste. Genug, wir reisten fort. Mein Herr schrieb Briefe auf Briefe, und erhielt zweimal Antwort, aber damit war's auch alle. Wir kamen nun nach London. Kaspar, sagte mein Herr, erkundige dich, ob keine Briefe an mich da sind? Und es war einer da, Frau Wirthinn! Ein Freund, der sich nicht nennen mochte, schrieb: das Fräulein hätte den Sohn ihres Vormunds geheurathet. Da hätte Sie das Spektakel sehen sollen! — Ach, der arme Herr! bald wollte er sich erschießen, bald ersäuffen. Einmal, verwünschte er alle Weiber, und dann weinte er wieder wie ein Kind. Da hatte Kaspar vollauf zu thun. Gott behüte mich, daß ich noch so etwas erleben sollte! Und denke Sie! meines Herrn Onkel war gar nicht in London gewesen! Das war also nur ein Streich, um meinen Herrn weg zu bringen. Von da reisten wir gleich wieder fort, und endlich kamen wir nach Bengalen, wo der alte gnädige Herr frisch und gesund lebte. Er hatte nur erst ein junges Weibchen geheurathet, und war voller Vergnügen. Mein Herr hielt sich aber nicht lange da auf, sondern wir durchkreuzten die Welt ganze vier Jahre lang. Nun fiel uns das Vaterland wieder ein, und so kamen wir hieher.

Marthe. Das ist eine kuriöse Geschichte!

Kaspar. Sie kann doch auch schweigen, denn wenn mein Herr erführe, daß ich geplaudert hätte, da würde es auch eine kuriöse Geschichte absetzen.

Marthe. O! schweigen kann ich, wie eine Mauer. Aber vergeße ich doch ganz meine Kinder, und die Verlobung. Das wird schön werden! Ich muß noch allerley machen. Denn bey einer solchen Gelegenheit darf nichts gespart werden. Da muß man sich Ehre machen. Und wenn erst die Hochzeit ist, da soll das ganze Dorf geladen werden. Ich will mir vorstellen, als wenn ich selber wieder Hochzeit machte. Wenn Er bis dorthin hier bleibt, so tanzt er auch eins mit mir? Nicht wahr?

Kaspar. Ja, ja, von Herzen gern. Aber ich habe so lange nicht getanzt, daß ich erst wieder lernen muß. Ich dächte, wir probierten es ein einmal. (Er faßet Marthe und walzt mit ihr) Nu! es geht ja noch ganz gut.

Sechster Auftritt.

(Seeheim kömmt, und bleibt in einiger Entfernung stehen, Kaspar bemerkt seinen Herrn und läßt Marthe fahren.)

Kaspar. O weh! der gnädige Herr! der wird mit mir tanzen, daß es eine Art hat.

(Marthe bedeckt das Gesicht mit der Schürze, und schleicht ins Haus.)

Seeheim. Kaspar!

Kaspar. Ach, gnädiger Herr! verzeihen Sie.

Seeheim. Bist du närrisch geworden?

Kaspar. Die Wirthinn sagte, ich sollte auf ihrer Tochter Hochzeit mit ihr tanzen: und da machten wir eben so eine kleine Probe.

Seeheim. Wenn ich dich suche, so finde ich dich bey der Wirthinn. Ich glaube, die Wirthschaft hier gefällt dir?

Kaspar. O! das denken Sie nicht, gnädiger Herr! Ja, Röschen und die Wirthschaft dazu, das wäre so übel nicht: Aber da die Plaudertasche? nein — das wäre ein ausserordentlicher Preis. — Sehen Sie, gnädiger Herr! ich suche die Alte nur ein wenig auszuforschen.

Seeheim. Eine sehr honette Beschäftigung!

Kaspar. Ein wenig Neugierde, weiter nichts. Soviel weis ich nun, daß die schöne sittsame Muhme, von der ich Ihnen sagte, der Wirthinn ihre Muhme nicht ist.

Seeheim. Was geht das dich an?

Kaspar. Sehr viel! Ich bin ein großer Liebhaber von solchen heimlichen Geschichtchen. Ich denke, einmal meine Reisebeschreibung heraus zu geben, und da sind solche Anekdötchen die Würze dazu.

Seeheim. Du eine Reisebeschreibung?

Kaspar. Ey, warum denn nicht? Ich weis so viel, wie ein andrer auch. Von jedem Orte, wo wir uns nur eine Stunde aufhielten, weis ich das Merkwürdigste: und das machte ich so: Wie ich ins Wirthshaus kam, nahm ich den Hausknecht oder die Magd bey Seite, und fragte sie über alles, zum Beyspiele: wieviel Menschen in dem Orte wären?

Wie viel Kirchen? Und was dergleichen mehr. Und dadurch habe ich die ächte Nachrichten von allen Orten. Die Leute sagten mir, daß es viele Reisende also machten, und immer alles was sie hörten aufschrieben: das nahm ich mir ad notam und schrieb auch; und nun habe ich schon den halben Mantelsack voll. — Ich hätte nicht gedacht, daß es so leicht wäre, ein Reisebeschreiber zu werden: aber das geht wie gepfiffen. Sie werden lachen, gnädiger Herr! wenn Sie es einmal lesen werden. Alle Orte habe ich benannt, wo wir gut oder schlecht gegessen haben: wo wir wenig zahlten, und wo wir gepreßt wurden: Sie werden sich über meine Akkuratesse wundern.

Seeheim (lächelnd) Gewiß!

Kaspar. Gnädiger Herr! wollen Sie nicht ein Pröbchen davon hören? Ich will Ihnen ein Kapitel vorlesen, das wird Sie aufmuntern.

Seeheim. Mach dir keine Mühe.

Kaspar. Das ist ein großes Vergnügen für mich; ha, ha, ha! wie sich manche Herrn Reisebeschreiber ärgern werden, daß ich ihnen ihre Kniffe abgelernt habe! (Er läuft ins Haus)

Seeheim. Bleib doch! — Er hört nicht. — Ich muß nun schon meine Ohren mit Geduld waffnen.

(Er setzt sich in die Laube.)

Siebenter Auftritt.

Elise (ohne Seeheim zu sehen)

Elise. Ich kann nicht länger Zeuge ihrer Freude seyn; sie weckt Erinnerungen der Vergangenheit in meiner Seele, die alle meine Wunden wieder blutend machen. (Sie geht auf die Laube zu, da sie Seeheim erblickt, fährt sie mit einem Schrei des Entsetzens zurück.)

Seeheim (tritt heraus.) Was giebt's hier? — Gott! Elise! — (Elise sinkt ohnmächtig in Seeheims Arme) Himmel! Sie stirbt. Elise! Elise! hörst du mich nicht mehr? Muste ich dich wieder finden, um dich auf ewig zu verliehren! Elise! dein

Adolph ist's, der dich ins Leben zurück ruft.

Elise (erholt sich. Sie hält die Augen verschlossen) Wie ist mir? Kommen die Todten aus dem Grabe zurück? (Sie schlägt die Augen auf, schaudernd ruft sie:) der Geist meines Adolphs! Weg! weg! (sie sinkt wieder nieder.)

Seeheim. Theure Elise! (er küßt sie) Ha! die Freude des Wiedersehns raubt mir alle Besinnung. Es ist nicht meine Elise mehr! — Sie ist das Weib eines andern! — (Er legt sie sanft auf den Boden.) Nein, erwache nicht wieder, Unglückliche! Denn in deiner abgehärmten Gestalt, zeigt jeder Zug das strafende Gewissen. — Besser ist dir so — Ich vergebe dir den gebrochenen Schwur; vergebe dir, daß du mich elend machtest, damit du schuldlos dort' eintretten kannst! (Er geht in den Hintergrund.)

Elise (richtet sich verwundert auf) Ich habe wohl hier geschlafen, aber schrecklich, schrecklich geträumt! Der Geist meines Adolphs erschien mir: sinnlos sank ich in seine Arme, und finde mich hier wieder. — Noch fährt mir ein kalter Schauer durch alle Glieder. (Sie steht auf und wankt.) Ist es möglich, daß ein Traum so heftig wirken kann? Kaum vermag ich mich aufrecht zu halten! (Sie wendet sich um) Großer Gott! ich bin des Todes! —

Seeheim (sanft) Elise fürchte dich nicht, ich bin kein Geist. Auch werde ich dir keine Vorwürfe machen. Nein fürchte nichts: ich habe dir vergeben, und will dir gleich einen Anblick entziehen, welchen du, wofern in dir noch einige Empfindung ist, nicht ohne Schmerz erdulden kannst.

Elise (geht auf Seeheim zu) Adolph! bist du es wirklich? Täuscht mich meine kranke Phantasie nicht? Ja, du bist's! Ich fühle dein Herz an dem meinigen schlagen. O! Adolph! Adolph! wie reichlich vergilt dieser Augenblick namenloser Freude jahrenlange Leiden! Dich habe ich wieder! Elise in Adolphs Armen!

Seeheim (reißt sich von ihr los) Fort, Elende! doch verzeihen Sie, gnädige Frau! Ich versprach, Ihnen keine Vorwürfe zu machen: aber mein Gefühl überwog den Entschluß der Vernunft.

Elise (schmiegt sich wieder an ihn) Adolph! ich bin Elise.

Seeheim. Das weis ich sehr gut. Nun sehe ich, daß man Ihnen nichts übel nehmen darf. Gebrochene Eyde sind Ihnen Tändeley. (bitter) Denn, nicht wahr, Elise! ich könnte jetzt auch wieder, auf einige Zeit, der Glückliche in deinen Armen seyn? (Er schleudert sie von sich) Weg Weib! — daß ich dir nicht auf immer die Gewalt benehme, Meineyde zu begehen!

Elise. Allmächtiger Gott! Er ist von Sinnen! O mein armer Adolph! muste ich dich so wieder finden!

Seeheim. Sie irren sich, Madame! ich war noch nie mit meiner Vernunft zufriedner, als eben jetzt, weil sie mich lehrt: daß ein Weib, dir gleich, nur Verachtung verdient.

Elise. Adolph! Bey den glücklichen Tagen unsrer Liebe beschwör' ich dich: erkläre mir dieses schreckliche Räthel. Was ist mit dir vorgegangen? Du bist in einer fürchterlichen Stimmung. Adolph! Was fehlt dir?

Seeheim. Gar nichts, als daß ich Thor genug war, mein Glück auf die Schwüre eines Weibes zu bauen: und denn noch thöriger, mich über einen gebrochenen Eid zu grämen. Denn das ist etwas ganz alltägliches, nicht der Erwehnung wehrt.

Elise. Gott soll mich bey meinem dringensten Gebethe nicht verstehen, wenn ich dich verstehe.

Achter Auftritt.

Die Vorigen und Kaspar, welcher ein großes Pack Papier trägt.

Kaspar. Gnädiger Herr! da ist mein Schatz. Da sollen Sie hören. —

E

Aber, was sehen meine Augen? — Was ist das? Der gnädige Herr, und Madam Elise! beyde blaß und zitternd! — Holla! Was mir da für ein Licht aufgeht!

Elise (nimt Kaspar bey Seite) Guter Freund! hat er nie bemerkt, daß Seeheim am Verstande leidet?

Kaspar. Nein! Wahrhaftig nicht. — Ich bin auch kein Narr, aber mein Herr ists noch weit weniger. — Wie's scheint, so kennen Sie meinen Herrn?

Elise. Mein Gott! ja, ich kenne ihn. Sag er mir nur. . . .

Kaspar. Sie waren wohl gar das Fräulein von Kronheim?

Elise. Eben die. Aber. . . .

Kaspar. Also das Fräulein von Kronheim? Nun bey meiner armen Seele! da sind Sie auch gar nichts gutes. Kein Wunder, wenn mein Herr von Sinnen kam, da er Sie sah. Pfui! geht's mir doch fast eben so. — Wahrhaftig meine arme Sinnen spazieren mir schon rechts und links im Kopfe herum.

Elise. Beynahe glaube ichs. Aber was soll denn das heissen?

Kaspar. Sehen Sie, das heißt gerade so viel, daß Sie eine treulose, eine falsche, und was weis ich, noch alles Böse sind. So sagt mein Herr.

Elise. Das Erstaunen benimmt mir die Sprache.

Kaspar. So war's uns auch, als wir die schöne Nachricht von ihrer Heurath erhielten.

Elise. Von meiner Heurath?

Kaspar. Ja, ja, von Ihrer Heurath. Man hat seine Freunde, die einem alles referiren, wenn's auch noch so heimlich seyn soll. Nicht wahr, das hätten Sie nicht geglaubt?

Elise. Ha! nun ahnde ich. — Hier waltet ein schrecklicher Irthum. — bey Gott! ich war nie verheurathet.

Kaspar (freudig) Nicht? Nicht? Viktoria! gnädiger Herr! gnädiger Herr! Hören Sie doch. Das Fräulein war nicht, ist nicht, verheurathet. Irthum! Lauter Irthum!

Elise Adolph! Du kannst mich so kränken? Während ich dich als todt beweinte, hieltest du mich für treulos?

Seeheim. Es wäre nicht? gewiß nicht? — Ist's auch Wahrheit, Elise!

Elise. Nur wenige Augenblicke! und du wirst überzeugt seyn, daß dir kein Zweifel bleibt. Wie hast du mich gekränkt!

Seeheim (kniet vor ihr) Und du kannst mir vergeben, Engel! den ich so beleidigte? — Gewiß, du hattest Recht: meine Sinnen waren zerrüttet. Aber vergieb! vergieb!

Elise (hebt ihn auf) Nur in meinen Armen sollst du bereuen, mich verkannt zu haben. Gewiß rührt diese falsche Nachricht, die uns vier lange Jahre trennte, von meinem boshaften Vormund her.

Kaspar. Dem Himmel sey Dank! Nun wird Kaspar wieder frölige Tage erleben. (Er wirft seine Papiere hin) Alles will ich zusammen rufen. Jung und alt sollen sich mit mir freuen. (Er läuft ins Haus.)

Seeheim. Mein Glück ist so groß, daß ich es kaum fassen kann. Elise in meinen Armen! meine treue Elise! und die Gewißheit, mich nie wieder von ihr zu trennen! O bestes Mädchen! fühlst du, wie mich dieser Gedanke seelig macht!

Elise. Du fragst! Glaubst du, daß ich mein Glück weniger fühle? — Aber strafen sollte ich dich, du Schwärmer! So in der Welt herumzulaufen! — Nun will ich dich fest halten. Nichts soll vermögend seyn, dich wieder aus meinen Armen zu reissen! Fest, fest will ich dich umschlingen! Und nach vollendeter Bahn schlummern wir, Arm in Arm, sanft hinüber in Edens Gefilde.

Seeheim. Liebe, süsse Schwärmerinn!

Neunter Auftritt.

Die vorigen, Kaspar, Marthe, Röschen und Gustel.

Kaspar. Kommt nur! ihr sollt Alles erfahren!

Marthe. Ach liebes Herzens Elischen! ist es wahr, was Kaspar sagte, daß Sie ein gnädiges Fräulein sind? Und da der gnädige Herr ihr gestorbener Mann ist?

Elise. Ja! gute Mutter! ich bin glücklich, unaussprechlich glücklich! dies ist mein Adolph, den ich so lange als todt beweinte!

Marthe. Ach Freude, über Freude! Aber wie ist's denn zugegangen, daß der Herr, so mir nichts dir nichts, wieder lebendig worden ist?

Kaspar. Wunderlich! Er war noch nicht todt, sonst würde ihm das Hierstehen wohl vergangen seyn.

Marthe. Nun, das ist ja recht gut, gnädiger Herr! Mich freut's, daß Sie nicht todt waren!

Seeheim. Ich danke ihr, gutes Weib!

Röschen. Ach Frau Muhme! gnädiges Fräulein! Ich weis gar nicht, was ich sagen soll; aber meine Freude ist gewiß die gröste.

Elise. Ich weis, gutes Röschen, daß du Theil an meinem Glücke nimmst, wie vormals an meinen Thränen.

Gustel. Ich auch — Ich gewiß auch.

Elise. Ich werde es nie vergessen, Gustel! — Sieh, lieber Adolph! unter diesen guten Menschen verlebte ich vier lange Jahre. Ich machte ihnen manche trübe Stunde. Ich will es nun zu vergelten suchen. — Nicht wahr, Adolph! wir bringen immer einen Theil des Jahres hier zu? Laß uns, entfernt von der großen Welt, in diesem stillen friedlichen Dörfchen bloß mit unserm Glücke beschäftigt leben.

Seeheim. Diesen Wunsch nahmst du aus meinem Herzen, gute Elise! Die eine Hälfte des Jahres bringen wir auf meinen Güthern zu, und die andere hier.

Dieser Ort ist mir zu theuer: und wär' es der elendeste Winkel der Erde, so würde ihn der Gedanke, daß er dich mir wieder gab, zum Paradies' umschaffen.

Röschen. Gnädiger Herr! Ich bin Ihnen auch recht gut, weil Sie da meine Frau Muhme so lieben. Jetzt darf ich Sie wohl nicht mehr so nennen?

Elise. Ja, mein Kind! Eure Herzen nahmen mich auf, da ich unglücklich war, und das meinige — bleibt euch ewig erkenntlich dafür.

Gustel. Also, wenn ich und Röschen Mann und Frau seyn werden, so darf ich auch, Frau Muhme sagen?

Elise. Freilig! dann kömmt Er auch in die Verwandschaft.

Seeheim. Liebe! dürfte ich um einen Theil deiner Geschichte bitten?

Marthe. Ach ja, ja! erzählen Sie doch, wie Sie zu uns gekommen sind.

Elise. Jetzt gern. — Du weißt, lieber Adolph! wie trostlos ich bey deiner Abreise war? O, es war Ahndung der traurigen Zukunft! Nichts vermochte mei-

nen Kummer zu lindern. Zwey Briefe
von dir machten mir die ersten heitern
Augenblicke. Ach! es waren die letzten! —
Ungefähr drei Monate nach deiner Abreise,
kam einmal des Morgens mein Vormund
auf mein Zimmer. Er sah trübe aus,
sprach viel von den Fügungen der Vorsicht, und von der Ergebung die uns
Sterblichen ziemte. Ich errieth zur Hälfte, was er mir sagen wollte. Endlich
nach langem Zögern, las er mir einen
Brief von seinen Korrespondenten aus
London, wovon ich nur das hörte, daß
du in einem Streite mit einem Engländer
geblieben wärst: mein Bewußtseyn verließ
mich. Ich fiel in ein hitziges Fieber, und
im ersten Augenblicke, wo ich meine Besinnung wieder erhielt, fand ich mich auf
einem entlegenen Landgute, wo ich ausser
meinem nichtswürdigen Vormund und
seinem Sohne, kein mir bekanntes Gesicht
sah. Wider meinen Wunsch wurde ich
wieder gesund: und nun erklärte mir mein
Vormund seine Absicht. Anfangs bath
er mich, seinem Sohn meine Hand zu

geben. Da ich mich weigerte, und ihm meinen Entschluß bekannt machte, nie eine neue Verbindung einzugehen, da wurde er boshaft. Er mißhandelte mich sehr. Ich litt: aber nichts vermochte meinen Entschluß wankend zu machen. Meine Standhaftigkeit vereitelte alle Plane. Endlich wollte man mich mit dem Verluste meines Vermögens schrecken. Man legte mir eine Schrift vor, worinn ich alles, was ich besaß, dem Sohn meines Vormunds verschreiben mußte. Ich sollte es unterschreiben, und unterschrieb willig, weil dieser Verlust, da ich alles verloren zu haben glaubte, mir gleichgültig war. — Nun behandelte man mich weniger strenge. Ich durfte wieder allein in meinem Zimmer schlafen, und benutzte diesen Augenblick, um zu entfliehen. Ich lief, ohne zu wissen wohin, die ganze Nacht und den folgenden Tag, bis ich endlich des Abends, beynahe leblos, dieses Dorf erreichte. Ich gab mich für eine Wittwe aus, und diesen kleinen Betrug wird mir die gute Mutter vergeben. —

Ich zitterte immer, so oft ein Fremder hieher kam, vor Entdeckung. Aber entweder, hielt es mein Vormund nicht der Mühe wehrt, mich zu verfolgen, da ihm mein Vermögen gewiß war, oder er kam nicht auf meine Spur. Genug, nun lebte ich zufrieden; denn hier konnte ich mich ganz dem Andenken meines Adolphs weihen.

Seeheim. Edle Seele! Was littst du um mich? Aber mein ganzes Leben, sey ein immerwährendes Bestreben, deine seltene Treue und Aufopferung zu vergelten. Ich könnte dein Vermögen vielleicht wieder aus den Klauen des alten Sünders reißen: aber ich will es nicht. Ich bin reich genug, und bey deinem Besitze reicher und größer als ein König!

Marthe. Und so lange Sie hier bleiben, lassen Sie sich doch mein Haus gut genug seyn. O, thun Sie es doch! Wohnen Sie bey mir!

Röschen. Ich bitte auch! — Wir wollen Sie bedienen, und alles thun, was wir Ihnen an den Augen ansehen können.

Seeheim. Ja, wir bleiben bey euch.

Marthe. Nun, das wird der alten Marthe wieder neues Leben geben. Da werden sich die Bauern wundern, wenn so vornehme Leute bey mir wohnen. Gnädiger Herr! Sie erlauben doch auch, daß da mein Röschen mit Gustel, an dem Tage, wo Sie mit der lieben Elise getraut werden, auch ein Paar werden darf?

Seeheim. Sehr gern! Röschen statte ich aus, denn ich will Vaterstelle bey ihr vertreten.

Marthe (weint) Ach, das ist gar zu viel Freude! Ich muß weinen. Ja, an jedem Tage, wo es jährlich wird, daß Elise zu mir kam, will ich dem ganzem Dorfe ein Fest geben.

Röschen. Ja liebe Mutter! so lange wir leben, wollen wir das thun.

Kaspar. Und ich lasse in meiner Reisebeschreibung, das Kapitel, von dieser seltenen Beständigkeit, mit goldnen Buchstaben drucken.
